MES DÉLASSEMENTS

EN PATOIS D'YSSINGEAUX.

SUITE

AUX

VRAIS DÈLASSEMENTS

D'UN

ENFANT DE LA HAUTE-LOIRE,

Tu lui prodigueras des trésors d'amour tendre;
Ton accent sera doux pour qu'elle aime à l'entendre.

CARLIER·

MDCCCLXVI.

SAINT-ETIENNE,
Imprimerie et lithographie de J. Pichon, rue Brossard, 9.
1866.

SUITE
AUX VRAIS DÉLASSEMENTS

D'UN

ENFANT DE LA HAUTE-LOIRE.

1866.

TCHAPITRE TENGUIU PER LOUS RATS

FABLA.

La râça aou naz pouintquiu, la minçòta mouteâla,
De mêmas que lou peuple amadoüa daous tchats
Djour et neüt fant la guerra à la natchious daous rats;
Tout coumma fant lous loups contra aquella que beâla.

En tchat nourri vez Mindzalard (1)
Fogiat daous rats schi grossa marmelâda,
Que tous, sauf à paou près lou quart,

---

(1) Sobriquet de Saint-Maurice-de-Lignon.

Erant djaguius et morts aoutour de la Calàda (1).
Lous restants, sans mandzas la meïta de liou soû,
N'aousàvant plus sourtquis daou found de liou traoutchou ;
Et lou màtqui passàva aous œuts daous miserablis
      No per en tchat, mas per vingt dguiablis.
      En djour Friquèttas (2) l'atquirait
      En minaoudant vez la fencïra ;
Pendent tout liou sabbat et loin de la tchateïra
Lou tchapitre daous rats s'escrimàva en secret
      Daou remèdgui à prendre d'urdgença.
Icoutas, liou dguigiat Gràtamelou (3) dès Tença,
Farians bien, sans dimordre et plus teü que plus tard,
D'itatchas en grelot aou coua de Tchatlendard (4)
      Coumma aquò sans trop de misèra
Pouirians aou mindre bruts nous icoundre sous terra :
      Couschi troubas aque mouyen ?
Parfait, bon tchat, bon rat ! s'icriait lou vieux Piend (5) ;
Gouitroux (6), Gourris (7), à vous de bien menas l'affaire :
Pounots (8), à vous l'hounnour d'itatchas lou grelot !
Noun pas, fagait en Nèschi (9), issacas Baculot (10),

---

(1) Place d'Yssingeaux.
(2) L'aînée Bague, de Pompel.
(3) Sobriquet de Tence.
(4) Habile maraudeur d'Yssingeaux.
(5) Sobriquet d'un vieux jardinier.
(6)   —   de Monistrol.
(7)   —   d'Yssingeaux.
(8)   —   du Puy.
(9)   —   id.
(10)   —   de Bas.

Quioupeala(1), Crapaoudou(2).. Schi bien que sans re faïre
  L'on se quittait..... Dguins de certains mouments
  Tout se leïssa et lous accoummodaments :
Isimple prou siguiu de quaouquis plideaïris
  Davant certains hommis d'affaïris.

  Entamenas-vous en proucès ?
  La djustquiça se bòta en quâtre :
  Proutestas-vous contra lous frais ?
  Maï que d'en cop vous fara bâttre.

---

(1) Sobriquet de Montfaucon.
(2)   —   de Craponne.

LA MORT ET LOU MOURENT

FABLA.

La mort aquella viaousarassa
En tabûtant me faït l'iffet,
Coumma schi n'èrous pas parfait,
De tegnis en paou trop à moutras sa carcassa.
Prîte ou nou pense pas dguispaousas de soun temps;
Schi lou compte per djours, per houras, per moumcnts,
    N'is dgis que nou li dguiaoupeguèsse
Soun funesto tribut, gni que nou lou paèsse,
Et lou proumier moument que lous efants daous gros
    Bàdant lous œuts à la tchandella
    Aqouis aquellou, quaouquis cops,
    Que per toudjours lious sarra la prunella.
    Paras-vous d'en dgentqui renou,
Paras-vous de douçour, paras-vous de sadgèssa,
    Sans pitquid la mort ou prend tout;
Lou moundo fignira per coumblas sa ritchèssa.
    Rien pourtant n'is mins ignoura,
    Et, sans pensas à vous ou icoundre,
    Pas compte de mins apura.

Après cent ans de via Gris vengait se mourfoundre
Faça à faça aou la mort et per tout coumpliment
De li dguire : perque... perque me vignis quèrre
   Sans qu'âcous faït moun testament ?
Me prendre aou ped leva ! me faïre aquo mystère !
Pas mêmas m'avertquis ! appeïta tantschipeù ;
Ma fenna illa vaut pas que partèsous sans illa.
Me resta dous neboux que n'aouriant pas en teut
Schi lious batquischious pas quaouqua veas en villa.
Leïssa-me itas... vaï-t-en... prend quaouqu'aoutre à la fïla.
L'anchien, ripound la mort, te tròbe bien hardgui ;
Te plàgnis sans rasou de moun paou de patchinça :
Couschi !!! n'as pas cent ans ??? Tròba-me per aquï
Quatre vieux coumma tquïu ? n'ai mas lissa Toulença ?
Couschi !!! me dguire aneù que t'ai pas avertqui !
  Me dguire qu'en venent mins vïte
  Aourious trouba toun testament tout fat,
Tous neboux bien fourgnis, toun bâtquiment drissa !
Te souventas de rien ; aseïma, borgn-ou-prïte,
  Toun martchas à requioulaments,
  Las restas de tous sentquiments,
Ta têta digargna sous toun bounnet de sôea :
Aseïma, lou trabaï lou plus pitquiot t'inðea :
De l'iffet daou souleï n'accusas rien du tout :
De biens t'en tchaoudriat dgis : lous tchaout lissas aou bout.
  T'ai be moutra tous aoutris fraïris
  Qu'ai samena de tous lous caïris :
Qu'aqouis que tout aquo qu'en avertquissament.
  Annens, l'anchien, plus de repliqua ;

Qu'en proufeï per la republiqua
Que faguèssas toun testament?
La mort aviat rasou : mas perdguius sans ressourça,
Dguiourians sourtquis d'eïchi coumma on sort d'en banquet,
Embrassas tout soun mounde et faïre soun paquet;
Car après tout de quant retardas la grand-coursa?
Gris, te plâgnis, as tort : sôgna aquelous counscrits,
        Sôgna-lous martchas et mourris
Djuste d'aquellas morts hounnourousas et dgentas :
Aou meï daous coumbattants aou meï de las tourmentas!!!
Debâda m'igaouséi; aquì pamis lou fait :
Que meü semblas aous morts, meü t'envas à regret.

MOUN IPITAPHA. (*)

---◆---

BONNET.

Ichi quaouquis litquis, gnias touta schindzaïeïra,
La neût fant lou sabbat aoutour d'aquella peïra :
Trïa maï s'en imeïla : affubla d'en drap blanc
S'envaï plâgui et trevas après cop vez Tchaoudsang.

MAGAND.

Garas ! schimple foutraou ; n'is plus lou temps à heûra
De crire aous revenents, et...

BONNET.

Mas viris tout-hâra,
En vous countant sa via, que certains djuraments
Fant rapitas notre homme encâra per mouments.

(*) Quelques petits rentiers de Saint-Etienne ont la manie,
comme partout ailleurs, de toujours suivre et rarement d'ap-
prouver tout ce qui s'y fait : travaux publics ou particuliers,
sépultures, etc. Un jour, j'en trouvai cinq autour d'une tombe.
Dieu sait le rapport de chacun !!! Comment faire, me dis-je, pour
dévancer ce que l'on pourra dire sur ton compte ??? J'ai fait mon
Epitaphe, qui n'est qu'une parodie de mes compatriotes au pied
de ma tombe: Bonnet d'un côté, ce petit pédagogue de mon
temps, domicilié à Saint-Etienne ; et de l'autre, le sage Magand
de passage en cette ville. Ce dernier dégommé de l'emploi de
sacristain pour avoir demandé à M. le curé d'où provenait l'usage

« Nischu soubro la fi de l'aoutra republiqua,
» Vous tchaout pas itounnas, en fait de poulitquiqua,
» Que l'y prendguèsso goût; après aveis viguiu
» Tant de reis maoumenas et peuple et revinguiu.

» Marmot sous lou proumier, vieux sous lou quatrième,
» Repartquiteur bouffet sous l'Empereur troisgième,
» Rien sous lous aoutris reis que crouci republicain,
» Tout soun temps se passait à mouso lou bouc-cain.

» Après aveis tquira sous parents l'emmandèrant
» Eïchi vez St-Itquienne : enfin s'en difaguèrant :
» Et peü, sans s'iparguas, sans secours de dinguius
» Nòtre gueux per dipeï s'enviroundait d'izquius.

» Mas aviat coummença coumma Tobi per prendre,
» D'accord aoube Sarahe demisella nou cœur tendre,
» Lou poutou d'avant-trin : mas en couqui de sort
» Lous separait tous dous en cresent qu'aviant tort.

» L'un aqouis vez lou Peü qu'annait fas penguitença,
» L'aoutre vez Announaï, vez Mougnistros, vez Tença :

---

du pain et du vin qu'on lui donnait en offrande le jour d'un enterrement et même d'un anniversaire.

Je connais Magand qui se récrie toujours contre cette dîme au petit pied. Que ce bou pain, que ce bon vin, me dit-il quelquefois, seraient bien mieux placés chez des familles pauvres et souffreteuses et qui, souvent, sont forcées de vendre leur récolte ou d'emprunter pour solder les honoraires des curés!!!

Avis à MM. les maires de toutes les communes du département, avec prière de se pourvoir devant les autorités compétentes pour obtenir les mesures propres à réprimer ces abus qu'une trop longue habitude peut fortifier encore, s'ils ne les font promptement disparaître.

» Depeü l'houra en sounnant lous croussait dguins l'espoir
» D'en retour tout-à-fait mins foutant... mas bon soir !

  » L'an trenta-chinq vinguiu, Tria se fait recéüpre
» Aou pinqui daous banards; quand, fait per y bien tchéüpre,
» La dròla a counsentqui, quaouquis sept ans avant,
» D'en badas la grand-porta à soun noutre galant.

  » Tant d'amour manquait pas l'entrinas per li traïre
» (A Virgini) dous mouts, avant de s'annas djaïre !!!
» Tout se sat..... Quand la mort l'arrapait aou gaougier
» Soun oumbra en se saouvant passait pas dès darrier !!!

  » De coummèras après, parlant de l'âma en penna,
» Fant pas passas la schieüna aou meï d'enna labrenna !
» Eïchi l'ant pas viguia se soulïas aoutour
» D'enna rotcha itchaouffas dedjà davant meï-djour !!!

  » D'aoutras la fourrariant, tant la tròbant litquinna,
» Dguins lou corps d'en pitquiot d'enna viaousa mougninna,
» Davalant sans doute d'aque rei djacquamard
» Aoutriscops ditrounna per rapport aou rinard !!!

  » Dguins de râtapenas itapàou quand is lassa
» Souvent, faouta de meü, touta âma prendriat plàça,.....
» Quant aous esprits foullets qu'eïchi fant lou trafic
» Tous tquirant lious pennas en appïtant la fi.

  » Sabez pas quo lou drac n'is rien qu'enna âma intquiéta
» Coumma lous farfadets, et que l'icho redjièta
» Las plaintas ou lous cris que fant contra lou sort,
» Schi s'accoummòdant plus daous tours de liou ressort ??? »

MAGAND,

De nôtre itrapana n'en farias quagi en dguiable,
Quand faou de soun itat en itat mins pennable :
Mas, sans approufoundguis lou fait et lou mouyen,
Ieü vous dguirai per claoure aque tristo entretquien :

Qu'amariou quagi meü recéüpre en bon emplâtre
Quo de vïre en bavard coumptas eïchi per quâtre :
Sans respect pour lous morts ! sans mêmas preas Dguieü !
Tenez, grand higanaou, tisas-vous..... faris meü.

AOUTRA
AU MÊME LIEU.

MAGAND.

Quaou dgit eïchi dessous aquella laousa ???

BONNET.

Aqouis Treveys qu'en via n'èra pas caousa
Schi coumma aneü las granouïas n'aut dgis.....
Sans aque biaï, manquàva aou Paradguis.

NOTES.

CHAPITRE Ier.

Peut-être bien que j'eusses détruit MES DÉLASSEMENTS, les sachant si peu dignes de paraître, comme j'ai fait de quelques morceaux de poésie après 48, si M. Pichon, mon voisin, ne s'était donné la peine de les imprimer dans ses ateliers. Grâce à ses soins, l'édition est sortie de chez lui dans d'assez bonnes conditions. Pourtant il s'y est glissé quelques fautes d'impression et quelques petits changements y sont indispensables. D'ailleurs je tiens à ce que l'on sache que, si ce méchant opuscule n'eût pas été dans son entier un monument de reconnaissance envers Yssingeaux, ma ville natale, je n'aurais pas manqué de le dédier au docteur Dayral, mon compatriote, capable assurément d'en apprécier le petit mérite. Ce sera toujours ici une faible poignée de main et un faible témoignage d'amitié que je me plais à lui rendre sincèrement.

Page 6 vers 5 remplacez *d'ailleurs* par *après tout*.
— » — 11 il faut un accent circonflexe sur *sdbe* (règle générale).
— » — 17 écrivez *schi is vraï* avec élision.
— 7 — 10 allusion à ma traduction *Dies iræ*.
— » — 14 — au beau fait d'armes de Jourda à Constantine.
— » — 15 écrivez *bedouins*.
— 8 — 2 écrivez généralement *ayul* par un accent grave.
— » — 6 écrivez *efant* sans accent.

CHAPITRE II.

Des souvenirs de famille et de prime jeunesse font le thème de ce chapitre. Plusieurs de mes compatriotes y trouveront leur propre histoire, soit lorsqu'ils reçoivent les premières notions de notre langue, soit lorsqu'ils reviennent au pays après une absence un peu prolongée. Quel plaisir! Que de devoirs parfois à remplir!

Page 9 vers 3   pour éviter la consonnance de l'm, mettez *mas Rousetta*.

» — 11   écrivez *dîne* avec un accent circonflexe (en général).

— 10 — 18   le verbe doit être à la première personne de l'imparfait *avious*.

— » — »   dans une autre édition, pour ne pas trop répéter *quand* et *caïre*, on ferait bien de remplacer les quatre vers suivants par ceux-ci:

Et quand, per me troumpas, aoube enna grossa ipiounna
Saoutâvas de l'Y grec aou B de *Sapré-Biounna*;
Sâbe qu'en arribant Goutou me dourloutait,
Et que Djacques Laoudgier per Cacquou ripoundait.

Page 10 vers 21   *témoins* avec accent.

— 11 — 13   lisez *aoutre* au masculin.

— » — 17   supprimez l'apostrophe et rapprochez le d du premier a.

————

CHAPITRE III.

Tous les ans, sans exagérer, les deux tiers du contingent passe à l'armée dans les compagnies d'élite. C'est pour dire que notre département n'a pas grand-chose à envier pour l'autre portion du genre humain. Formes, grâces, fraîcheur, voilà généralement l'apanage des femmes de nos contrées. Aussi m'empressé-je de leur en faire compliment dans ce chapitre. Quant à l'histoire de Masclet que j'ai lue quelque part, et que je traduis de mémoire, ce n'est que la reproduction d'un fait analogue qui s'est passé dans nos environs.

Page 17 vers 3 lisez *aou* au lieu de *au*.
— » — 8 remplacez le vers entier par celui-ci :

Dgis de frûta sans flour : la flour içaï la prima

. . . .

CHAPITRE IV.

Tout ce qui reste à Yssingeaux d'arbres, de ruisseaux, d'habitants, de vieilles traditions, etc., évoquent à mes yeux des ombres qui me sont chères. Quoique absent depuis longtemps, tout se déroule devant moi; tout me fait plaisir. Il me souvient qu'au milieu des vastes prairies de M. de Choumouroux, je fus surpris par un affreux orage. Ni les chiens, ni l'eau, ni le tapage du temps ne m'effrayaient. Larmet franchit ses limites, entraînant tout sur son passage. C'est ce qui a fourni le canevas de ce chapitre avec ma première sortie pour Saint-Julien-du-Pinet comme externe gardé.

Page 22 vers 10 écrivez *djouquà* avec accent.

Page 25 vers 8 retranchez le dernier *a* et lisez *Virratchou*.

Page 30 vers 1 mettre une virgule après *laoureta*.
— 31 — 8 remplacez l'n par m.
— 34 — 1 — le c par un e dans *bien*.

Page 47 J'ai regret d'avoir donné suite à ma mauvaise humeur. Il est trop tard pour revenir sur ma protestation.

Page 47 vers 4 ma pauvre mère prit sa maladie le jour de la Sainte-Croix.

— 53 — dernier. M. Dejoux avec sa grande houpelande et son nez crochu, était la risée de tous les gamins qui lui criaient en pleine rue : *Dzedzé, toun naz tomba*.

— 62 — 9 etc. Je n'aurais pas dû transporter la rime couronnée. Cette licence peut m'être permise en ce sens qu'il doit y avoir un peu de repos à la fin de chaque vers.

— 64 — 2 écrivez *ad aquel die*.

GLOSSAIRE PATOIS

DE LA HAUTE-LOIRE.

Dans ce petit dictionnaire spécialement rédigé pour notre patois, je n'ai admis que les mots qui, par leur emploi, s'écartaient tout-à-fait trop de la langue actuelle, et ceux dont la dérivation n'indiquait pas le sens au premier coup-d'œil. Tant s'en faut que ce dictionnaire soit complet. Plus jeune, je me serais mis à la recherche de l'étymologie des mots difficiles. Je laisse ce travail à de plus savants que moi. Cependant, je conseille à mes compatriotes qui voudraient s'occuper de quelque chose de ce genre, de consulter les remarques sur les poésies patoises, du bibliothécaire de Limoges, M. Emile Ruben, qui s'occupe beaucoup de linguistique.

Comme toutes les langues, le patois a ses verbes, etc.

Je commence par les deux auxiliaires avec leurs temps les plus usités, et je finirai par un tableau explicatif de la conjugaison des autres verbes qui diffèrent de plusieurs manières par la terminaison de l'infinitif.

La première conjugaison a l'infinitif terminé en *as*.
Comme : *amas, soupas,* aimer, souper.

La seconde a l'infinitif terminé en *is, eïs*.
Comme : *fignis, counceveïs, djaouvis,* finir, concevoir, jouir

La troisième a l'infinitif terminé en *eüre, eüpre.*

Comme : *pleüre, receüpre,* pleuvoir, recevoir.

La quatrième a l'infinitif terminé en *ègre, endre, âgni, aïre, iâre.*

Comme : *sègre, prendre, atlagni, faïre, adguiâre,* suivre, prendre, atteindre, faire, amener.

Remarquons bien que les pronoms je, tu, il, nous, se sous-entendent très-souvent, et qu'ici je ne les emploie qu'à titre d'exemple :

INFINITIF.

Avis ou Aveis : *Avoir.*

INDICATIF.

Présent.	*Parfait.*	*Futur.*
Ieü ai.	Ieü agai.	Aourai.
Tquiu as.	Tquiu aguèras.	Aouras.
Illou a.	Illou agait.	Aoura.
N. aoutris avens.	N. aoutris aguèrans	Aourens.
V. aoutris avez.	V. aoutris aguèras.	Aouris.
Illous ou illas ant.	Illous aguèrant.	Aourant.
Imparfait.	*Plus-que-parfait.*	*Futur passé.*
Ieü avious.	Ieü avious aguiu.	Aourai aguiu.
Tquiu avias.	Tquiu avias aguiu.	Aouras aguiu.
Illou aviat.	Illou aviat aguiu.	Aoura aguiu.
N. aoutris avians.	N. avians aguiu.	Aourens aguiu.
V. aoutris avias.	V. avias aguiu.	Aouris aguiu.
Illous aviant.	Illous aviant aguiu.	Aourant aguiu.

CONDITIONNEL.

Présent.

Aourious.

Aourias.

Aouriat.

Aourians.

Aouriaz.

Aouriant.

Passé.

Aourious aguiu.

Aourias aguiu.

Aouriat aguiu.

Aourians aguiu.

Aouriaz aguiu.

Aouriant aguiu.

SUBJONCTIF.

Présent ou futur.

Qu'âeous.

Qu'âcis.

Qu'âe.

Qu'âésans.

Qu'âésaz.

Qu'âésant.

Imparfait.

Qu'aguèssous.

Qu'aguèssis.

Qu'aguèsse.

Qu'aguèssans.

Qu'aguèssaz.

Qu'aguèssant.

Plus-que-parfait.

Qu'aguèssous aguiu

Qu'aguèssis aguiu.

Qu'aguèsse aguiu.

Qu'aguèssans aguiu

Qu'aguèssaz aguiu.

Qu'aguèssant aguiu

IMPERATIF.

Il ne s'emploie jamais

INFINITIF.

Esse ou Itas: *Etre.*

INDICATIF.

Présent.	*Imparfait.*	*Parfait.*
Icŭ schous.	Erous.	Fugai.
Tquiu schas.	Eras.	Fugèras.
Illou is.	Era.	Fugait.
N. sens.	Erans.	Fuguèrans.
V. sez.	Eraz.	Fuguèraz.
Illous sount.	Erant.	Fuguèrant.

Plus-que-parfait.

Schous ita.

Schas ita.

Is ita.

Sens ita.

Sez ita.

Sount ita.

Futur.

Serai.

Seras.

Sera.

Serens.

Seriz.

Serant.

CONDITIONNEL.

Présent.

Ieû serious.

Tquiu serias.

Illou seriat.

N. serians.

V. seriaz,

Illous seriant.

Passé.

Aourious ita.

Aourias ita.

Aouriat ita.

Aourians ita.

Aouriaz ita.

Aouriant ita,

IMPERATIF.

Schâea.

Schâeas.

Schâens.

Schâeiz.

SUBJONCTIF.

Présent.

Que schâeous.

Que schâeas.

Que schâe.

Que schâens.

Que schâeiz.

Que schâeant.

Imparfait.

Que fuguèssous.

Que fuguèssas.

Que fuguèsse.

Que fuguèssans.

Que fuguèssiz.

Que fuguèssant.

Plus-que-parfait.

Que fuguèssous ita.

Que fuguèssas ita.

Que fuguèsse ita.

Qne fuguèssans ita.

Que fuguèssiz ita.

Que fuguèssant ita.

EXEMPLE SUR LES QUATRE CONJUGAISONS.

Amas.	Fignis.	Receûpre.	Rendre.
Aimer.	Finir.	Recevoir.	Rendre.

INDICATIF.

Présent.

Ame.	Fignisse.	Reçâbe.	Rende.
Amas.	Fignissis.	Reçâbis.	Rendis.
Ama.	Fignis.	Reçat.	Rend.
Amens.	Fignissens.	Recevens.	Rendens.
Amaz.	Fignissez.	Recevez.	Rendez.
Amant.	Fignissount.	Recabount.	Rendount.

Imparfait.

Amâvous.	Fignischious.	Recevious.	Rendguious.
Amâvas.	Fignischias.	Recevias.	Rendguias.
Amâva.	Fignischiat.	Receviat.	Rendgulat.
Amâvans.	Fignischians.	Recevians.	Rendgulans.
Amâvaz.	Fignischiaz.	Receviaz.	Rendguiaz.
Amâvant.	Fignischiant.	Receviant.	Rendgulant.

Parfait.

Amai.	Fignigai.	Rechetlpegai.	Rendai.
Amèras.	Figniguèras.	Rechetlpeguèras.	Rendèras.
Amait.	Fignigait.	Rechetlpegait.	Rendait.
Amèrans.	Figniguèrans.	Rechetlpeguèrans.	Rendèrans.
Amèras.	Figniguèraz.	Rechetlpeguèraz.	Rendèraz.
Amèrant.	Figniguèrant.	Rechetlpeguèrant.	Rendèrant.

Futur.

Amarai.	Fignirai.	Recheüprai.	Rendrai.
Amaras.	Figniras.	Recheüpras.	Rendras.
Amara.	Fignira.	Recheüpra.	Rendra.
Amarens.	Fignirens.	Recheüprens.	Rendrens.
Amariz.	Figniriz.	Recheüpriz.	Rendriz.
Amarant.	Fignirant.	Recheüprant.	Rendrant.

SUBJONCTIF.

Présent.

Qu'âmous.	Que fignissous.	Que recheüpèsous.	Que rendèsous
Qu'âmis.	Que fignissis.	Que recheüpèsis.	Que rendèsiz.
Qu'âmèse.	Que fignissèse.	Que recheüpèse.	Que rendèse.
Qu'âmèsans.	Que fignissèsans.	Que recheüpèsans.	Que rendèsans
Qu'âmèsaz.	Que fignissèsaz.	Que recheüpèsaz.	Que rendèsaz.
Qu'âmèsant.	Que fignissèsant.	Que recheüpèsant.	Que rendèzant

IMPÉRATIF.

Ama.	Fignis.	Recheüs.	Rends.
Amens.	Fignissens.	Recheüpens.	Rendens.
Amaz.	Fignissez.	Recheüpez.	Rendez.

A

A sans accent 3ᵐᵉ pers. de l'indicatif du verbe *Aveis:* il a.

Abɛalas, verbe; mettre l'eau dans les prés.

Abeouras, v. abreuver.

Accaoutas (s'), v. plier son corps en trois parties.

Accassas, v. couvrir.

Acqouitas (s'), v. se dépêcher.

Ad, prép. s'emploie toujours comme A marqué d'un accent.
   Que troubas ad aquo? Que trouvez-vous à cela?

Adguieü, locution qu'on prononce en se quittant, *adieu.*

Adguieüchas, au sing. et au pluriel : hors du tutoiement.

Adguiûre, v. amener.

Adjouas, v. aider.

Adoubas, v. abimer; tomber une truie, lui ôter le boyau de
   la fécondité.

Affialas, v. aiguiser, accorder.

Affourquis, v. assurer.

Aïoa ou Aïgua, s. f. eau.

Alaïn, adv. de lieu : là-bas.

Amaï, conj. quand même.

Ambougni, s. m. ventre.

Annas, v. aller.

Aou ou Aoube, prép. avec.

Aoube a hɛara, exp. adv. à la bonne heure.

Aoucaloɢna, s. f. ciboule.

Aoudzé, s. f. oiseau.

Aoucis, v. entendre.

Aoulogna, s. f. noisette.

Aoura, s. f. vent.

Aouvis, v. entendre.

Apé, s. f. peau.

Appercègre, v. apercevoir.

Appitas, v. attendre.

Aque, Aquela, adj. démonstr. ce, celui-là, celle-là

Aqui, adv. de lieu, là, dans cet endroit.

Aquitou, ta, adj. démonstr. celui-ci, celle-ci.

Aquo is ou Aqouis, v. cela est, c'est.

Aquo èra ou Aqouèra, 3ᵐᵉ pers. de l'imparf. c'était.

Arcàna, s. f. craie de différentes couleurs.

Arrapas, v. saisir.

Arraïre, s. m. charrue.

Arret, s. m. bélier non coupé.

Artet, s. m. orteil.

Assada, Assadas, adj. doux, douce.

Assout, s. m. écurie de porc.

Atchou, s. f. hache.

Attàgni, v. atteindre.

Avà, adv. de lieu, là-bas.

Averas, v. arracher.

Avhoura, adv. de suite.

Aze ou Ase, s. m. âne (provençal).

B

Babé, s. m. fruit du pin.

Badas, v. ouvrir.

Bagagnôla, s. f. bagatelle.

Balâta ou Balâtas, s. f. cuve.

Bâna, s. f. corne.

Barbasseü, s. m. grenouille ou crapeau au premier âge.

Barragnas, s. f. troupe.

Barricoulas, v. mêler de couleurs.

Barrounlas, v. rouler.

Barrounlou, s. m. petite fève ronde généralement violette.

Bastà, adv. bon : *bastâ per aquo, passe pour cela.*

Be, adv. bien.

Bealas, v. bêler.

Beaous, adj. pluriel, grands, beaux.

Beaoussigni, ssigna, interj. terme de compassion.

Beas, s. m. ruisseau.

Béïça, s. f. bêche.

Beïlas ou Bîlas, v. donner.

Beoure, v. boire.

Berbigi, s. m. fourmi.

Bessounas, s. f. jumeaux.

Biaï, s. m. côté, manière d'être.

Biâla, s. f. rivière.

Biaça, s. f. besace.

Bîcle, s. m. poumon.

Bidi, s. m. petite quille, ou bois court pointu des deux côtés.

Billaòut, adv. peut-être.

Birbaou, s. m. pou de la race ovine.

Bistquiaou, s. m. le bétail, au sud du département.

Blantchier, s. m. mégissier.

Bleda, s. f. blette.

Boubzindzin, s. m. espèce de scorzonère.

Boudoundou, na, adj. gros, joufflu.

Bouffas, v. souffler ; s. f. quantité de vent.

Bouffet, ta, adj. refusé, sée.

Bouilliguas, v. remuer.

Bouitquiou, s. m. bobine du fuseau.

Bouquas, v. embrasser.

Bourba, s. f. boue.

Bourra, s. f. chevelure, nuées au pluriel.

Bourrèa, s. f. rigodon.

Boutas, v. mettre.

Boutas! interj. *je vous prie,* hors du tutoiement.

Braeas, s. f. pluriel, culottes.

Brassas, s. f. baiser : ce que les bras peuvent contenir : *enna brassas de fet, une brassée de foin.*

Bringua, s. f. rosse de cheval.

Broudzaïre, zeusa, adj. qui pense attentivement.

Broussou, s. m. petit tuyau.

Brut, s. m. essaim d'abeilles, bruit.

Büas, s. f. lessive.

Burlas, v. neiger par un temps très-froid.

Butcheuïa, s. f. petit morceau de bois brut.

C

Cabassa, s. f. planche à rebords.

Câea, s. f. truie.

Caeas, s. f. quantité naturelle de pisset.

Caeou, Caeouna, adj. sale, cochon.

Çaï, adv. de lieu, ici.

Caïre, s. m. coin, côté.

Calâda, s. f. place à Yssingeaux.

Canqua, s. f. se dit d'une femme babillarde.

Carcan, s. m. fleur jaune dans les prés.

Carré, s. m. métier à dentelles.

Ceba, s. f. oignon.

Chivas, s. f. avoine.

Claou, s. f. clé.

Cleda, s. f. claie.

Cloussa, s. f. poule mère.

Corbabichina, s. f. culbute.

Coucourella, s. f. queue de toupie.

Coucouroux, s. m. virole en cuir bouilli au bout du fléau.

Coueïre, v. cuire.

Cougourla, s. f. courge.

Coulenna, s. f. jeu de boules en pente.

Coulor, s. m. glacier où l'on patine.

Coulougna, s. f. quénouille.

Coumma schi (de), conj. pour rire.

Coumpanadge, s. m. provisions de bouche.

Coumpicella, s. f. action de monter à l'aide de quelqu'un.

Councou, s. m. oncle.

Courras, s. f. trachée-artère.

Courre, v. courir.

Coussera, s. f. paillasse de lit.

Couschi, conj. comme, comment.

Coutquiassa, s. f. grosse tige dans les prés.

Crouëï, oea, adj. mauvais, fripon.

D

Daïa, s. f. faux, instrument.

Dalaïna, s. f. prune.

Davalas, v. descendre.

Debâda, adv. en vain.

Derbou, s. m. taupe.

Dgendrôgna, s. m. terme de mépris.

Dgentqui, enta, adj. joli, jolie.

Dgerlou, s. m. vase en cuivre.

Dgibas, v. refuser.

Dgiclas, v. rejaillir.

Dgire, s. m. moineau.

Dgis ou Dzis, adv. de négat. point.

Dgitas, v. jeter; mener paître les troupeaux.

Dguieüpre, v. devoir.

Dguins, prép. dans.

Dibraeas, v. ôter culottes.

Djàbia, s. f. cage.

Djaï ou Djaïard, s. m. coq.

Djaïre (se), v. se coucher.

Djamaï, adv. jamais.

Djaroussa, s. f. espèce de lentille.

Djaouta, s. f. joue.

Djaouvis, v. jouir.

Djavagnos, s. m. oiseau de nuit.

Djugnis, v. joindre.

Djuif, s. m. juif, oiseau, martinet.

Dindguius, una, adj. aucun, aucune.

Dinliau, adv. de lieu, nulle part.

Dipeï, s. m. dépit.

Dipendôla, des deux genres : déguenillé, déguenillée.

E

Egua, s. f. cavale.

Eïcm, adv. de lieu, ici.

Eïço, pron. démonst. ceci.

En, Enna, le premier nombre devant un subst. un, une.

Encaïna, s. f. sobriquet.

Enclaoure, v. enfermer.

Enclaousa, s. f. écluse.

Enfioulas (s'), v. s'enivrer.

Engraougnas, s. f. égratignure.

Enquinhamoùnt, adv. là-haut, bien haut.

Entamenas, v. entamer.

Enviroundas, v. entourer.

F

Faou, s. m. fayard. Première pers. de l'indic. prés. je fais

Faoutquias, s. f. tablier.

Farot, otta, adj. personnes recherchées dans leur mise.

Faura (de), adv. dehors.

Fea; s. f. brebis.

Fedge, s. m. foie; *daou fin fedge, du bon milieu.*

Feis, s. f. fois; *que de feis! que de fois!*

Feïra, s. f. foire. *Faïre feïra,* se réjouir.

Feníras, v. ramasser le foin.

Feneïra, s. f. grenier.

Fenna, s. f. femme.

Fessour, s. m. pioche.

Fias, s. f. bru.

Fioulo, s. m. sifflet.

Fíra, s. m. champ de foire.

Fitata, s. m. oiseau.

Floq, s. m. nœud de rubans. *Las fias daou floq*, les filles du floq, condition venant après la bourgeoisie.

Fouen, s. f. fontaine.

Fouilleta, s. f. mesure.

Fouiroux, ousa, adj. foireux, euse; fève jaunâtre.

Fourma, s. f. gros fromage ; forme de chapelier.

Foutraou, aouda, adj. fou, folle.

Fraïsse, s. m. arbre, le frêne.

Frouncle, s. m. tumeur, clou.

Frûta, s. f. toute espèce de fruits.

Fus, s. m. fuseau.

Fûta, s. f. grosse poutre.

G

Gaïre, adv. guères.

Gallas (se), v. se divertir.

Gambé, ella, adj. boiteux, boiteuse.

Gança, adj. se dit d'un chapeau à claque.

Gamatchou, s. m. terme insultant.

Gaougna, s. f. grimace. *Me faït las gaougnas.*

Garc-Temps, s. m. place.

Garras, v: ôter, sortir. *Garras d'aqui*, sortez de là.

Gasas, v. marcher dans l'eau.

Gaurra, s. f. se dit d'une tache dépréciée.

Gôbi, s. m. effet d'un grand froid aux mains. *Ai gôbi*, je ne puis faire le cul de poule.

Goubïa, s. f. petite boule à jouer.

Gniaouqua, s. f. refus.

Gnias, s. f. nichée, troupe.

Graïa, s. f. corbeau.

Graboutas, v. agir à faire perdre patience.

Grapinas, v. grimper.

Graveïrou, s. m. petit oiseau toujours grimpant.

Griffou, s. m. le houx.

Grouffa (à la), action de se précipiter sur quelque chose.

Groumas, v. réfléchir.

Guidzeü, s. m. jeudi.

H

Hamoùnt, adv. là-haut.

Harpias, s. f. égratignure.

Heâra (à), à présent.

Herba salas, s. f. oseille.

Higanaou, da, adj. huguenot, huguenotte.

Houstaou, s. m. hôtel, maison.

I

Ibalourdgui, guia, adj. assourdi, assourdie.

Ibandguis, v. épanouir.

Ibaoutas (s'), v. folâtrer.

Iɴᴏᴜʀɪғғᴀꜱ, v. embrouiller.

Iᴃᴏᴜʀʟɪꜱ, v. rendre borgne.

Iᴃʀɪɴɴᴀꜱ, v. déchirer.

Içᴀï, adv. de temps, dès lors.

Iᴄʟᴀqᴜᴇᴛᴀꜱ, s. f. armure d'Arlequin.

Iᴄʟᴏᴘ, s. m. sabot.

Iᴄʜᴏ, s. m. l'écho.

Iᴄᴏᴜʟᴇᴛᴛᴀ, s. f. panière ovale.

Iᴄᴏᴜʀᴛᴄʜᴀꜱ, v. écorcher.

Iᴄᴏᴜɴᴅʀᴇ, v. cacher.

Iᴄᴏᴜꜱꜱᴏᴜʀ, s. m. fléau.

Iᴄʀᴀғғᴀꜱ, v. biffer.

Iᴅᴀꜱ, v. aider.

Iᴇü, pron. démonst. je, moi.

Iғғᴀᴛᴀꜱ, v. déchirer.

Iʟᴀï, adv. de lieu, dès delà.

Iᴍᴀï, s. m. embarras, souci.

Iᴍᴇ, s. m. esprit.

Iᴍᴏᴜᴇï, s. m. émotion.

Iᴘɪᴏᴜɴɴᴀ, s. f. épingle.

Iᴘᴀᴏᴜᴛqᴜɪꜱ, v. écraser.

Iqᴜɪᴜʟᴀꜱ, s. f. écuellée.

Iꜱᴄʜᴜʙʟᴀꜱ, v. oublier.

Iꜱꜱᴀʀɴᴀꜱ, v. enfermer.

Iᴛᴀʙᴇ ou Iᴛᴀᴘᴀᴏᴜ, conj. aussi.

ITABLOU, s. m. petite écurie. Reste de la paille après la moisson.

ITÂGNI, v. éteindre.

ITALAMBOU, s. m. aiguillon.

ITATCHAS, v. attacher.

ITAVAGNIS, v. engourdir.

ITCHARAVAÏ, s. m. hanneton noir et sale.

ITCHAMPAÏRE, s. m. dissipateur.

ITCHARGNIS, v. contrefaire.

ITCHIROS, s. m. écureuil.

ITCHUPIS, v. cracher.

ITELOU, s. m. petite bûche.

ITEALAS (s'), v. s'étoiler.

ITOUBLA, s. f. champ moissonné.

ITRANGOULUS, s. m. sorte de mauvais fruits.

ITRAPANA, NAS, adj. meurtri, meurtrie, balafré, balafrée.

ITQUIRAMPÏAS (s'), se tirer en se déchirant.

IVAN, s. m. essort, élan.

IVEA, s. f. envie.

IVERSAS, v. coucher à la renverse.

L

LABRENNA, s. f. petit lézard.

LANDGUIER, s. m. chenet.

LAOURE, s. m. le principal.

Las, s. m. côté.

Laousa, s. f. pierre plate, ardoise.

Lèa, s. f. traineau.

Leï, s. m. lit.

Lègua, s. f. lieue.

Leïre, s. f. Loire fleuve.

Lischiou, s. m. eau de lessive.

Liou ou Iou, adj. poss. leur. *Liou via n'is pas en mystère.*

Lîtas, s. f. petit lait.

Liteïrou, s. m. plante, le baraban.

Lîtent, Litentchou, s. m. petit cochon.

Lôtcha, s. f. poisson : morve.

Luidor, s. m. louis d'or, monnaie.

M

Maï, conj. aussi : s. f. panetière.

Mâcle, s. m. affection hypocondriaque.

Machier, s. m. couperet.

Malaoutru, adj. petit.

Manguigoula, s. m. grande gueule.

Manïa, assa, adj. maladroit, maladroite.

Manîcla, s. f. peau sur laquelle le cordonnier entoure le
   fil poissé.

Mantquia, s. f. manche d'un soufflet de forgeur.

Maun-Tâta (à), adv. à tâtons.

MARRA, s. f. pioche. *Annas à la marra,* aller travailler la terre hors du pays.

MASSOU, s. m. grosse fève.

MEAS, s. m. miel.

MEÏTA, s. f. moitié.

MÉTA, s. f. contrebande.

MEÜ, adv. de comp. plus.

MEUÏA, s. f. action de cligner un œil.

MEÜRE, v. moudre.

MÎCLAS, v. mêler.

MIEÜ, pron. poss. mien.

MIGI, GIA, adj. moisie, moisie.

MIOULA, s. f. mule; moelle.

MITAS, s. f. plur. gants de peau fourrés.

MÎTENT, s. m. mesure.

MOUDAS, v. filer, partir.

MOUR, s. m. visage.

MOUTEÂLA, s. f. belette.

MOUNTIÏ, s. m. rond-point connu par l'école buissonnière.

MOUNEÏRA, s. m. hanneton.

MOUSE, v. traire.

MU et MUT, MUA, adj. muet, muette.

N

NADAS, v. nager.

NEAOULAS, v. faire des brouillards.

Neïra, s. f. puce.

Neous, s. f. neige.

Néta, s. f. pierre plate et dressée derrière laquelle on met l'enjeu.

Neüt, s. f. la nuit.

Ngnias, s. f. nichée.

Ngnier, Neïra, adj. noir, noire.

N'haout, N'haouta, adj. haut, haute.

Nisse, v. naître.

Nou, s. f. noix; s. m. nom; part. nég. non.

Nòvi, Nòvia, s. les nouveaux mariés.

O

Oea, s. f. oie, oiseau.

Obe, part. aff. oui, au sud du département.

Ou et Vou; très-souvent pour le régime. *Schi pleüt trop, ou indguiura;* s'il pleut trop, il l'endure.

Ou, conj. altern. si non, autrement.
Monta soubre aquel âbre, ou te foute enna harpias.

Oulla, s. f. marmite.

Oùnt et Ountîque, adv. de lieu, où.

P

Padella, s. f. poêle à frire.

Pagas, v. ouvrir le bec; se dit des petits oiseaux.

PANNAS, v. nettoyer.

PAOUTA, s. f. patte, main forte.

PAPAROT, s. m. cuisinier, terme offensant.

PARET ou SOULET, jeu, pair ou impair.

PARI, s. f. muraille.

PARTEÏRA (à), adv. à mesure.

PEALOSSA, s. f. petite prune sauvage.

PEAOU, s. f. cheveu.

PEOUS, s. m. pou, insecte.

PENDOULAS, v. pendre.

PERA, s. f. poire.

PESET, s. m. pois, légume.

PESTENAÏA, s. f. racine jaune.

PEÜRA, s. f. peur.

PIBA, s. f. peuplier.

PICAÏRE, s. m. grosse épingle retenant les fuseaux t souvent
    embellie par quelque figurine.

PIEND, s. m. chausson.

PILLOUNAS, v. agiter les paupières.

PIQUATARAVÉ, s. m. oiseau, pivert.

PÌRRET, s. m. parrain.

PITROUGNAS, v. salir en touchant.

PLÂGNI, v. plaindre.

PLEÜRE, v. pleuvoir.

PLUMAÏA, s. f. écorce.

POUEÏRE, v. pouvoir.

Pouent, s m. pont.

Poueos, s. m. tas, monceau.

Pouintas (las), s. f. plur. les dentelles.

Poulou, s. m. petit noyau.

Pouloumnart, s. m. corde d'emballage.

Poumpetas (las), rougeur au nez des buveurs.

Poutounas, v. embrasser.

Pourogui, guina, adj. mendiant sans besoin.

Porta-Goga, s. des deux genres, rapporteur entre frères et écoliers.

Prîma (la), s. f. le printemps.

Prou, adv. assez.

Puiard, s. m. instrument à deux pointes recourbées.

Putafinas, v. déprofiter.

Q

Quaci, adv. presque.

Quarteïrou, s. m. le quart.

Querre, v. chercher.

Quimbâla, s. f. grosse caisse.

Quiquon, adj. et s. quelque chose.

Qhourà, adv. interj. quand. *Qhourd faras aquo?* Quand feras-tu cela ?

Quiùbercella, s. f. couvert.

R

RABEÏRA, s. f. champ semé de raves.

RAMAGIS, s. m. pl. rebuts.

RAOUBAS, v. dérober.

RAPITAS, v. trépigner.

RÀSA, s. f. petit canal.

RATAPENAS, s. f. chauve-souris.

RE, s. m. rien.

RENAS, v. pousser des cris nasillards.

REPRIN, s. m. son première qualité.

REVENÍCHA, s. f. révérence.

RIGOULAS, v. se divertir.

RINADGE, s. m. fête patronale.

REINATOU, s. m. oiseau, roitelet.

RINDZAS, v. arranger.

RIOUS, s. m. ruisseau.

RIVIOURE, s. m. reguin.

ROUBIAQUA, s. f. femme dévote.

S

SABAS, v. ouvrir. Se dit du jeune bois au moment de la sève dont l'écorce se détache facilement en la frappant autour légèrement.

SACCAS, v. entrer.

SAHU, s. m. sureau, arbre.

SAOUSE, s. m. saule, arbre.

Sarrassou, s. m. résidu de la crème de lait.

Schi, conj. cond. si.

Schieü, Schieüss, pron. possessif, sien, sienne.

Schifait, part. aff. *Lès sez pas annas? Schifait.*

Schimple, pla, plassa, adj. fou, folle.

Schug, s. m. montagne.

Scitaïre, s. m. scieur, moucheron.

Seï-blanc, s. m. monnaie, 2 sous et demi.

Sègre, v. suivre.

Semblou, s. m. maillot.

Ser, s. f. serpent.

Serrin, s. m. frontal.

Serpieïra, s. f. toile d'emballage.

Serra (lou), s. m. le soir.

Set (la), s. f. la soif.

Seü, s. m. sou, monnaie.

Seünna, s. f. décime.

Seüpre, v. savoir.

Sïa, s. f. baquet.

Sitquier, s. m. mesure.

Sôgna, prem. pers. de l'impérat. de *sougnas*, regarde.

Soubre, prép. sur.

Souen, s. m. sommeil.

Soulïas (se), v. se chauffer au soleil.

Sounnas v. appeler, sonner les cloches.

Sounnaïa, s. f. clochette; morve.

TABATOU, s. m. sorte de scorzonère des prés.

TABÛTAS, v. heurter.

TACOUNAS, v. frapper.

TAÏA, s. f. impôt.

TAOULIER, s. m. espèce de table où l'on étale.

TAN, s. m. nœud d'arbre, de planche.

TANTCHIPEÙ, adv. tant soit peu.

TARAVELLA, s. f. grosse vrille.

TÂTAS, v. goûter.

TCHAGNIU, GNIUA, adj. chenu, vieux, vieille.

TCHAIAT, 3me pers. de l'imparf. *cheüpre*, il fallait.

TCHALÂFA, s. f. plante, fougère.

TCHALLT, s. m. lampe, gourmand.

TCHALENDAS, s. f. pluriel, époque de Noël.

TCHANBAÏA, s. f. jarretière.

TCHAMBRE, s. m. écrevisse.

TCHAMPÎRAS, v. jeter des pierres.

TCHAOUGIS, v. choisir.

TCHAOUTSEÏRA, s. f. Larmet, rivière d'Yssingeaux.

TCHAPÉ, s. m. chapeau.

TCHAQUIU, QUILNA, adj. chacun, chacune.

TCHÂTA-MUSA, s. f. Colin-Maillard.

TCHEÏ, EÏSSA, adj. boiteux, boiteuse.

Tcherbe, s. f. chanvre.

Tcheüpre, v. contenir.

Tchiaouretta, s. f. petite chèvre.

Tea, s. f. résine, essence du pin.

Teïra, s. f. rangée.

Temard, arda, adj. boudeur, boudeuse.

Tisas, v. taire.

Torne, prem. pers. de l'ind. *tournas,* je reviens.

Tout-bâra, adv. tout à l'heure.

Tout-itchas, adv. à peine.

Tquieü, pron. poss. tien.

Tquiu, pron. pers. toi.

Tquibapet, s. m. seringue.

Tquiubris, v. ensemencer.

Traïre, v. traire, jeter.

Traou, s. m. trou.

Traoutchas, v. percer.

Trapisas, v. passer à travers les prés, les blés.

Treffouleïra, s. f. champ de pommes de terre.

Trevas, v. faire du bruit après sa mort.

Trïa, Trïas, adj. choisi, choisie.

Triou, s. m. étable des brebis.

Trioule, s. m. tuile.

Troumpa, s. f. toupie.

Trountcha, s. f. brebis cornue.

V

Vaï! pris comme supplication : va.

Vâma, s. f. maladie ovine.

Vari, s. m. bruit, vacarme.

Varbat, s. m. taureau non coupé.

Vatchiròla, s. f. bergère, oiseau.

Veas, s. f. des deux nombres, chose. *Ai tant de veas à vous dguire,* j'ai tant de choses à vous dire

Vedé s. m. veau.

Verdeïra, s. f. oiseau, fauvette rouge.

Vergougnoux, ousa, adj. timide.

Vers (lous), s. m. pl. écluse, école de natation d'Yssingeaux.

Vèri, s. m. porc non coupé.

Veri, s. m. venin.

Vese, prem. pers. de l'ind. *vîre,* je vois.

Vèz, prép. chez.

Vi, s. m. vin.

Viadâse, s. m. tort, injure.

Viaou, aousa, adj. laid, laide; au superl., *viaousarassa.*

Vichiboeüf, s. m. fauvette grise.

Viguiu (ai), prem. pers. du parf. *vîre,* j'ai vû.

Vioure, v. vivre.

Vious, Viva, adj. vif, prompte.

Viperas (la), s. f. l'après-midi.

Vibratchou, s. m. petit verre.

Vischina, s. f. vesse.

Vole, prem. pers. de l'indic. *vouillis,* je veux.

Vôle (ouvert); v. prem. pers. de l'indic. *voulas,* je vole.

Vou et Ou, souv. pour le rég. *Dguieü vou sat,* Dieu le sait.

Voulant, s. m. faux.

Vroungis, Vrounginas, v. faire du bruit avec les ailes, en parlant des mouches ou d'un hanneton de bonne humeur.

SUITE A LA PAGE 78 POUR LES NOTES

Page 68 vers 3 je trouve ce vers trop prétentieux. Dans une autre édition, changez-le par

Coumma paou sadge per lou fait.

— » — 8 écrivez *ngni.*

— 69 — 14 après *Toulença,* mettez un point seulement.

— » — 19 au lieu de *te souventas,* écrivez *t'appercěguis.*

— » — 20 remplacez ces trois vers par ceux-ci :

Toun mentou frisoutant toun naz,

Toun îme prîte à s'ennanas,

Toun crâne digargni.......

— » — 25 au lieu de *de biens,* mettez les vers suivants:

Sûr qu'enna liaouretta seriat meü de toun goût

A tquiu que prenis gôbi en annant vez l'assout!

— 70 — 3 mettre les quatre vers suivants entre deux parenthèses.

— 71 — 1 *ngnias* doit commencer par un *n.*

— » — 4 on appelle le cimetière d'Yssingeaux *Chaussant* ou *Chaud-Sang.*

— » — 7 allusion aux serments de la chambre en 48.

— 72 — 6 M. L. Sencier, Préfet de la Loire, me fit l'honneur, en 1866, de me nommer membre du conseil des répartiteurs. En 67, je n'en fis plus partie. Je ne sais trop pourquoi.

Page 73 — 23 *Drac*, sorte de lutin qui, au nord-ouest du département, s'amuse, raconte-t-on, à embrouiller la crinière des chevaux, à les sortir sans faire aucun bruit, à les fatiguer quelquefois, à pousser des cris plaintifs, à imiter les bêlements de la chèvre, etc.

— 74 — 1 *Itrapana*, surnom de guerre de l'auteur qui, jeune, avait toujours le soin de sortir d'une bataille la tête paquetée d'un mouchoir de poche.

— 74 — 10 *Treveys*, nom que l'on donne encore à notre maison pour la distinguer des autres.

— 76 — 4 Jacques Liogier, mon oncle et mon parrain.

— 77 — 1 lisez *la forte majorité* au lieu de *les deux tiers*.

— » — 13 le compositeur a oublié *bi*; cela se comprend.

— 80 lisez comme suit:

La troisième a l'infinitif terminé en *eûre, eûpre, tre, eïre*, comme *pleûre, receûpre, vîre, pouëïre, pleuvoir, recevoir, voir, pouvoir*;

La quatrième a l'infinitif terminé en *èyre, erdre, dgni, aïre, iûre, aoure, oundre, oumpre, ourre, ouse, ordre, isse, eûre*, comme *sègre, prendre, attdgni, faïre, adguiûre, enclaoure, icoundre, roumpre, courre, mouse, mordre, nisse, meûre*, suivre, prendre, atteindre, faire, amener, clore, cacher, rompre, courir, traire, mordre, naître, moudre.

— 81 écrivez la seconde personne du parfait *fuguèras*.

— 85 *Aoudzé* est substantif masculin.

— 101 écrivez *Pouloumart*; supprimez l'*n*.

Mots à ajouter dans une autre édition:

— 90 Caos, s. m. creux, berceau.

— » Croussas, v. amuser, balancer on berceau.

— 93 Galavard, arda, adj. gros mangeur, euse.

— 97 Liaouretta, s. f. laboratoire du boulanger.

— 100 Pentchenas, v. peigner, débrouiller.

— 103 Schindzaïer, dzaïeïra, adj. d'Yssingeaux.

— » Schindzaou, s. m. Yssingeaux.

T. M.

St-Etienne, imprimerie et lithographie de J. Pichon, rue Brossard, 9.

www.ingramcontent.com/pod-product-compliance
Lightning Source LLC
Chambersburg PA
CBHW061701180626
46818CB00003B/1214